Das chinesische Pferd

Von John Lewis/Illustriert von Peter Rigby
Deutsch von Klaus Müller-Crepon

Delphin Verlag

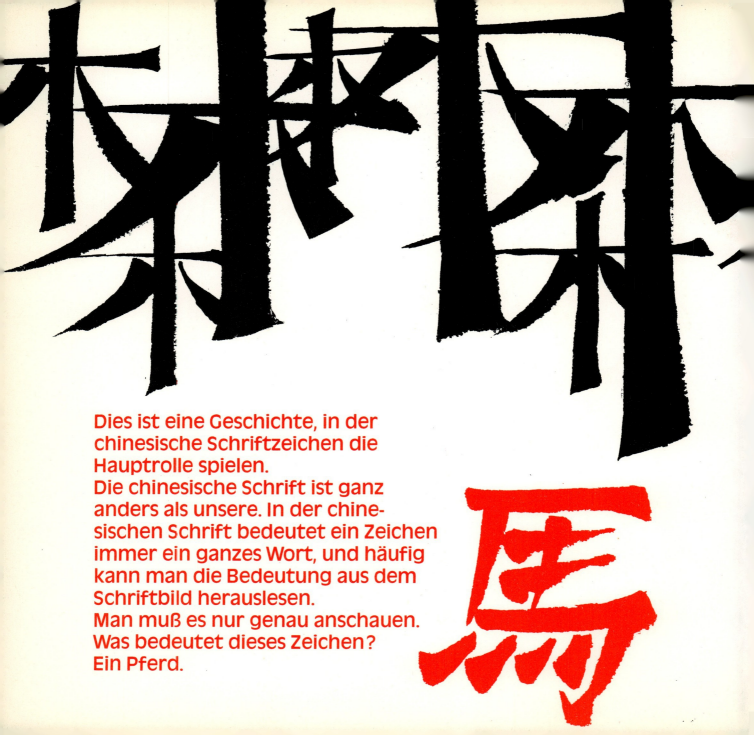

Dies ist eine Geschichte, in der chinesische Schriftzeichen die Hauptrolle spielen.
Die chinesische Schrift ist ganz anders als unsere. In der chinesischen Schrift bedeutet ein Zeichen immer ein ganzes Wort, und häufig kann man die Bedeutung aus dem Schriftbild herauslesen.
Man muß es nur genau anschauen. Was bedeutet dieses Zeichen?
Ein Pferd.

林

Was bedeutet wohl dieses Zeichen?
Es bedeutet Wald.

Dieses Pferd gehörte niemandem,
es trabte und galoppierte
umher, und es fühlte sich wohl.
Es hatte keinen Namen, denn nur
Menschen geben den Lebewesen
und den Dingen einen Namen.
Dort, wo das Pferd lebte,
standen lauter Bäume.

Am Ende des Waldes floß ein Fluß.

Dies ist das chinesische Zeichen für Fluß. Wenn man es viele Male schreibt und aneinanderreiht, erkennt man den Fluß ganz deutlich.

Das Pferd überquerte den Fluß nie, denn er war ihm zu wild und zu gefährlich. So lief es zwischen Wald und Fluß hin und her – bis es plötzlich ein Geräusch hörte und stehen blieb.

Das ist das Zeichen für Mann, und das bedeutet Wagen.

Aber weil es ein vorsichtiges Pferd war, versteckte es sich am Waldrand, wo es durch die Bäume geschützt war. Und da sah es auf der anderen Seite des Flusses einen Mann kommen, der einen Wagen zog.

Das Pferd erschrak, denn der Mensch, den es nicht kannte, und der Wagen, der quietschte, kamen immer näher.
Also zog es sich noch weiter zurück und versteckte sich hinter einem großen Baum.

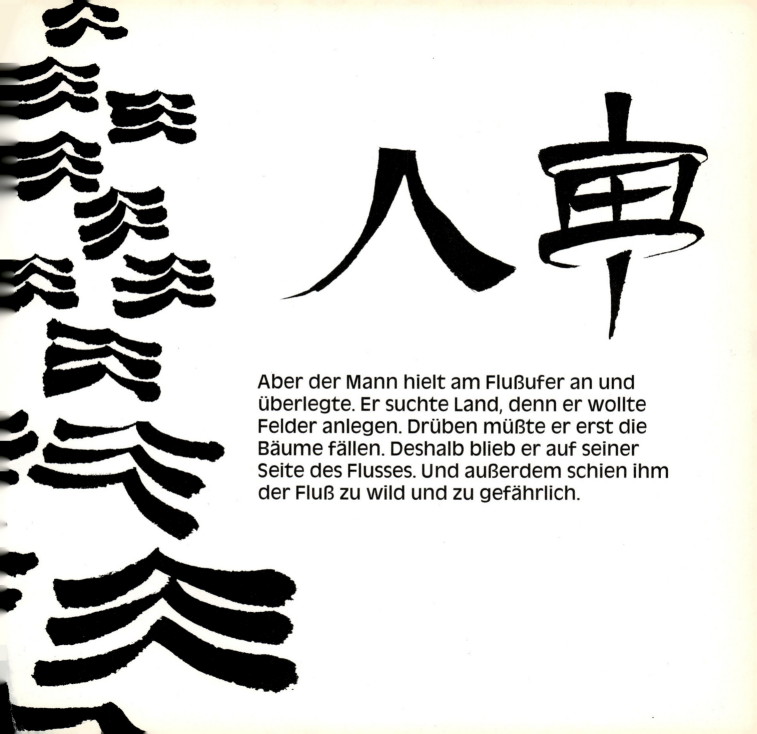

Aber der Mann hielt am Flußufer an und überlegte. Er suchte Land, denn er wollte Felder anlegen. Drüben müßte er erst die Bäume fällen. Deshalb blieb er auf seiner Seite des Flusses. Und außerdem schien ihm der Fluß zu wild und zu gefährlich.

Dieses Zeichen bedeutet Regenwolke.

Während der Mann so stand und überlegte, sah er Wolken heraufziehen. Regen fiel aus den Wolken. Das freute den Mann, denn der Regen läßt die Früchte auf den Feldern wachsen.
Der Mann begann zu arbeiten.
Er arbeitete sehr fleißig, und der Regen fiel, und die Früchte wuchsen.
Drüben, auf der anderen Seite des Flusses, galoppierte immer noch das Pferd umher, aber es war neugierig geworden und kam aus dem Wald heraus, um genau zu sehen, was dort drüben vor sich ging.

Das Pferd sah den Mann, und der Mann sah das Pferd. Aber keiner von beiden überquerte den Fluß, weil er ihnen zu wild und zu gefährlich war. Der Mann war sehr stolz auf seine Felder.
„Alle diese Felder, auf denen viele Früchte wachsen, gehören mir. Ich bin ein wichtiger Mann", sagte er sich.

Dies ist das chinesische Zeichen für Felder, auf denen etwas wächst.

Und deshalb schrieb er sich jetzt so:
Dies ist das Zeichen für einen großen Herrn und Ritter.

Das Pferd sah, daß der Mann größer geworden war und den Kopf höher trug – und es sah auch, daß er nicht mehr so viel auf den Feldern arbeitete. Eines Tages hörte das Pferd ein neues Geräusch: „Zisch! Zisch! Zisch!"

Das Pferd lief bis zum Flußufer, um zu sehen, woher das neue Geräusch kam.
Der Mann hatte jetzt ein Schwert, und das Schwert ließ er durch die Luft sausen, das nannte er fechten.

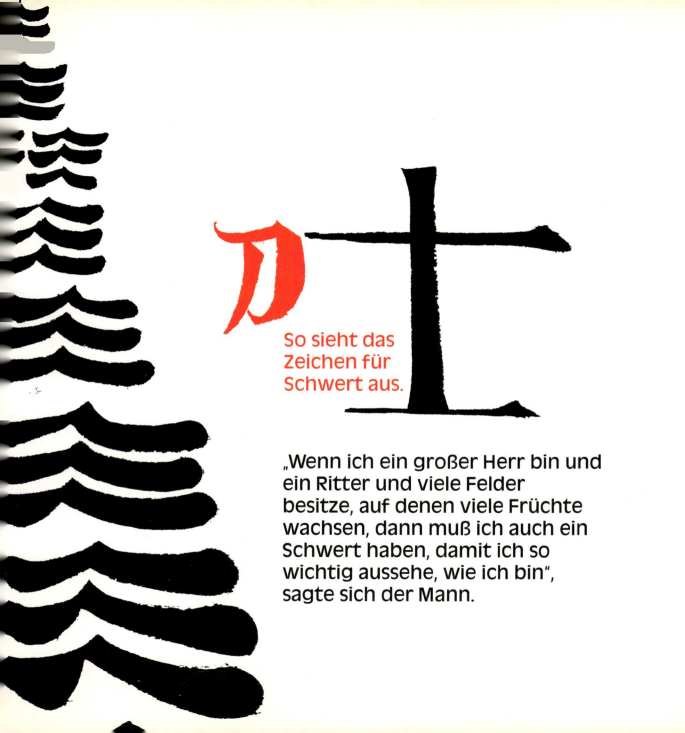

So sieht das Zeichen für Schwert aus.

„Wenn ich ein großer Herr bin und ein Ritter und viele Felder besitze, auf denen viele Früchte wachsen, dann muß ich auch ein Schwert haben, damit ich so wichtig aussehe, wie ich bin", sagte sich der Mann.

Das Pferd bekam Angst, als es das Schwert durch die Luft zischen hörte. Da ging es lieber zurück in den Wald, hinter den großen Baum. Auch von dort konnte es noch den Mann sehen und das Schwert hören.

Eigentlich war es doch ganz lustig, dem großen Herrn und Ritter mit seinem Schwert aus dem sicheren Versteck zuzusehen, fand das Pferd. Vergnügt schlug es seinen Schweif hin und her, daß es zischte.
Da freute sich der Mann.
„Das ist das Echo meines Schwertes", dachte er stolz.

Aber vor lauter Fechten achtete der Mann nicht darauf, daß das Wetter anders geworden war. Erst regnete es weniger. Dann hörte der Regen ganz auf. Auf den Feldern wuchs nichts mehr. Das Pferd wunderte sich, weshalb der Mann nicht Wasser für seine Felder aus dem Fluß holte. Aber der Mann schwang weiter sein Schwert durch die Luft.

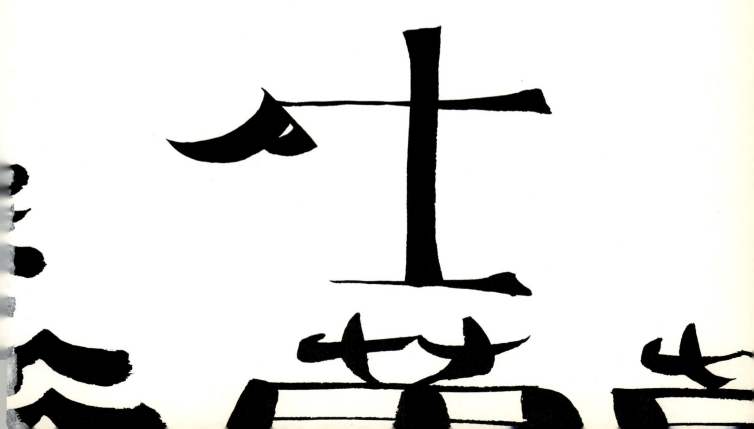

Inzwischen vertrockneten die Felder, und der Mann hatte nichts mehr zu essen. Er bekam Hunger.
Und er fand, daß es sich für einen großen Herrn und Ritter nicht gehörte, Hunger zu haben; und er fand, daß es schlimm sei, Felder zu haben, die keine Felder mehr waren, weil nichts darauf wuchs.
Also ging er jetzt zum Fluß, um Wasser zu holen.
Aber der Fluß war ausgetrocknet.

„Wenn ich nichts zu essen habe, werde ich sterben", sagte der Mann. Aber da fielen ihm sein Schwert und das Pferd ein, und er beschloß, das Pferd zu jagen, damit er wieder etwas zu essen hätte. Und weil der gefährliche und wilde Fluß ausgetrocknet war, konnte ihn der Mann leicht überqueren.

Das Pferd sah den Mann kommen.
Da bekam es Angst und lief in den
Wald hinein, immer weiter hinein.

Aber der Mann war schlauer als das Pferd. Er wußte, das Pferd würde davonlaufen und denken, daß der Mann hinter ihm herliefe. Dies tat der Mann aber nicht, sondern er versteckte sich und wartete.
„Das Pferd wird sich wundern, warum ich ihm nicht nachlaufe, und wird zurückkommen", dachte er.

Und so geschah es auch.
Das Pferd kam angerannt. Der Mann sprang
aus seinem Versteck und schwang das Schwert.
„Halt", schrie das Pferd. „Töte mich nicht!"
„Warum nicht?" fragte der Mann.
„Ich muß dich töten, sonst werde ich
vor Hunger sterben."

Das Pferd aber sagte: „Überlege einmal. Wenn du mich aufgegessen hast, hast du wieder nichts mehr zu essen. Aber ich weiß, wie dir geholfen werden kann."

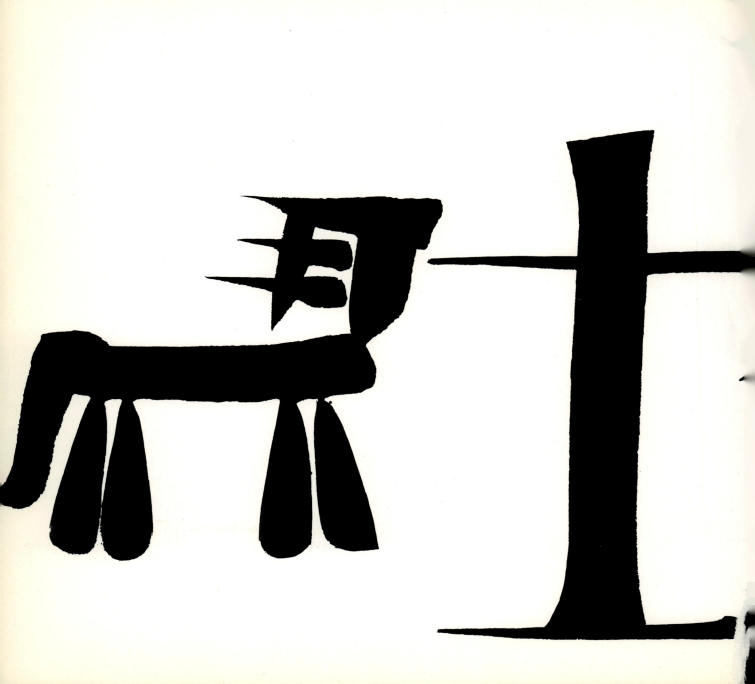

Und der Mann hielt ein und hörte zu, was das Pferd ihm sagte: „Der Regen wird wieder kommen, und die Früchte werden wieder wachsen, wenn du Saatkörner ausstreust. Aber wenn du wirklich ein großer Herr und Ritter sein willst, brauchst du noch mehr Felder. Dazu mußt du einen Damm in den Fluß bauen und einen See aufstauen, damit du auch in der trockenen Jahreszeit Wasser hast."
„Aber wie soll ich auf den Feldern arbeiten und einen Damm bauen und mit meinem Schwert fechten?" fragte der Mann.

Und während sie redeten, fing es an zu regnen.
Da war der Mann einverstanden und tat, was das
Pferd ihm riet. Und bevor der Regen den Fluß
wieder gefährlich und wild machte, gingen
beide hinüber zu den Feldern. Dann zeigte
sich, wie recht das Pferd gehabt hatte.

Weil das Pferd den Wagen zog, konnte der Mann
schnell den Damm bauen. Weil das Pferd den Pflug
zog, konnte er mehr Felder bearbeiten. Weil das

Pferd das Wasser von dem neuen See zu den Feldern brachte, wuchsen die Früchte auch, als der Regen aufhörte und alles sonst trocken wurde. Und der Mann hatte trotzdem noch Zeit, ein großer Herr und Ritter zu sein und sein Schwert durch die Luft zu schwingen.

Ja, er hatte sogar noch ein Pferd, um darauf zu reiten.

Als das Pferd und der Mann gute Freunde geworden waren, da gab er ihm einen Namen. Und weil er nur dieses eine Pferd hatte, nannte er es Pferd.

Man sollte wirklich auch auf andere hören – das zeigt diese Geschichte.

Dieses sind die neun chinesischen Zeichen, die in der Geschichte vom chinesischen Pferd vorkommen:

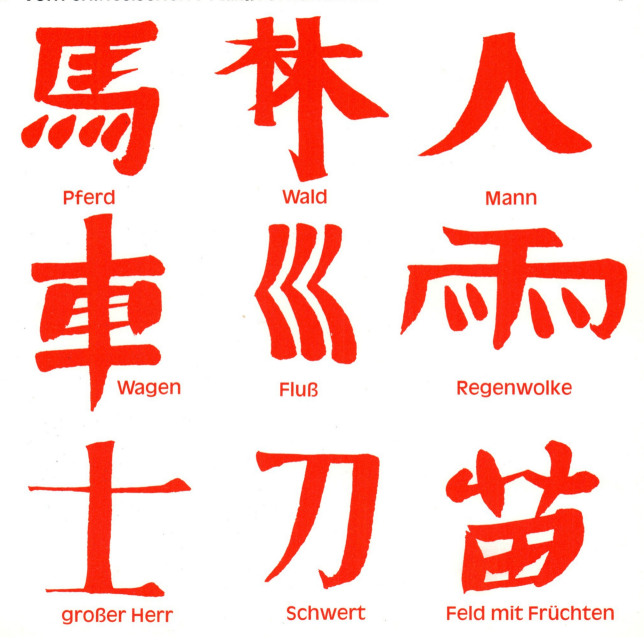

© für die Geschichte: 1976 John Lewis.
© für die Illustrationen: 1976 Peter Rigby.
© für die deutsche Ausgabe: 1980 Delphin Verlag,
   München und Zürich.
Die Originalausgabe „The Chinese Word for Horse"
erschien im Verlag Bergström and Boyle, London.
Satz: Schumacher-Gebler, München.
Druck: Printed in Great Britain by
Purnell and Sons, Ltd., Paulton (Bristol).
ISBN 3.7735.5088.X